BIENVENUE À...

Le Cap !

Creuset de la mode, de l'art et du design contemporains d'Afrique du Sud, Le Cap ne ressemble à aucune [illegible] ville de ce pays contrasté. Avec sa nature bén[illegible] dieux et ses allures de Californie aux acce[illegible] Europe, elle est certainement son plus [illegible] une ville à taille humaine, à découvrir le nez a[illegible] et assez sûre, même si la mixité raciale et [illegible] à s'imposer.

Sous une cascade de nuages, [illegible] montagne plate du Cap, marque en [illegible], elle domine le City Bowl, amphithéâtre [illegible] contre la baie, où les colons hollandais débarque[illegible] 1652. Cœur de la ville, ce dernier mêle les lieux de mémoire liés à plus de 350 ans d'un passé douloureux aux gratte-ciel du Central Business District (CBD), aux lieux branchés de De Waterkant et aux divertissements tapageurs du Waterfront.

Sur la côte ouest, ce sont les plaisirs de la plage et le culte du corps qui animent les stations balnéaires étalées au pied de Signal Hill. Côté est, Le Cap, c'est aussi une mosaïque de *suburbs* aux caractères propres : Woodstock la bobo, “Obs” et sa faune noctambule, ou encore la noble Constantia, perdue dans les vignes. Vers le sud, cap sur le bout du monde, à l'extrémité d'une presqu'île en majeure partie sauvage et protégée. Vers l'est, on passe de la misère des townships à l'indolence des Winelands, où petits plats et grands crus se dégustent sur les terrasses fleuries de maisons à pignon.
Avec Cartoville, la ville s'ouvre à vous !

Bienvenue au Cap !

A CBD / Company's Garden / Bo-Kaap

B De Waterkant / Waterfront / Green Point

C Sea Point / Camps Bay / Gardens

D Woodstock / Observatory / Southern Suburbs

E Constantia / Hout Bay / Cape Peninsula

F Winelands

Index des rues, des monuments et des lieux de visite

Les noms de rues et de lieux de visite, classés par ordre alphabétique, sont suivis d'un carroyage, dont la lettre en gras **A, B, C...** indique le quartier et la carte correspondante. L'étoile ✪ renvoie à la page "Les incontournables" en début d'ouvrage.

Rues

Transports au Cap

Réseau de Metrorail

Les incontournables

Les 10 lieux de visite à ne manquer sous aucun prétexte !

✪ Castle of Good Hope (A E2)
Un guide invite à la découverte des différentes parties (bastions, prison...) du fort de Bonne-Espérance (1679), la plus ancienne construction des colons dans le pays. Compléter la visite par le Musée militaire et la maison du Commandant, où sont exposés les peintures et les objets d'art du collectionneur William Fehr. Ne pas manquer les cérémonies militaires (remise des clés, tir de canon), du lun. au ven. à 10h et 12h.

✪ District Six Museum (A D3)
Un musée à la mémoire du District Six et de l'éviction de ses habitants en 1867. Plaques de rue, photos de fêtes populaires, reconstitutions d'intérieurs, témoignages ou affiches du cinéma local traduisent l'impact violent de la discrimination sur le quotidien des "non-Blancs", et le déracinement des personnes déplacées. Au sol, une carte, où les anciens habitants viennent inscrire leur nom à l'endroit où se trouvait leur maison, et aux murs, des avis de décès et des adresses, pour que la communauté préserve ses liens.

✪ Company's Garden (A C2)
L'ancien potager colonial, réaménagé en jardin botanique à la fin du XVIIe s., déploie des ombres bienvenues au cœur du City Bowl, entre le CBD et le quartier de Gardens : allées bordées d'arbres centenaires, roseraie et vastes pelouses chéries par les gens du cru à l'heure du déjeuner... Voilà qui invite à la flânerie entre deux visites de musées !

✪ Waterfront (B)
Campé entre les eaux de l'Atlantique et les pentes majestueuses de Table Mountain, le port du XIXe s. a fait peau neuve en 1992. Installations portuaires et anciennes usines accueillent à présent un quartier de loisirs et de commerces digne des métropoles américaines : le Victoria & Albert Waterfront (ou plus simplement "Waterfront"). Malgré le côté artificiel des lieux, l'Histoire est palpable à chaque pas : de la batterie de Chavonnes à l'embarcadère vers Robben Island, en passant par les bâtiments victoriens ou édouardiens.

✪ Robben Island (B F1)
En plus d'abriter le plus célèbre des pénitenciers d'Afrique du Sud, Robben Island, classée au patrimoine mondial par l'Unesco, prête son sol aride, presque pelé car rongé jusqu'à la racine par des hordes de lapins à présent disparus, à une réserve ornithologique : un refuge pour les manchots du Cap (réintroduits en 1983) et de nombreuses espèces d'oiseaux.

✪ Table Mountain (C C6)
Pas de moyen plus rapide pour gagner le sommet de Table Mountain que les cabines pivotantes du *cable car* ! Sur le plateau, de merveilleuses balades panoramiques attendent les visiteurs. La végétation qui le tapisse, reconnue comme l'une des plus riches au monde en termes de diversité, de densité et de nombre d'espèces endémiques, est son véritable trésor. Pour vraiment admirer ce fameux *fynbos*, opter pour la randonnée !

✪ Langa
(hors plan **D** D3)
Le township de Langa ("soleil" en xhosa) affiche une rare aisance, avec son centre culturel dynamique et ses pavillons en brique des *Black Diamonds*, la nouvelle classe moyenne noire. Mais, au-delà des alignements des anciens hôtels pour ouvriers, entre les *machtbox houses* (petites maisons en dur), s'étend un océan gris de conteneurs et de baraques en planches, tôle et toile, où s'entasse la majorité des résidents. Système D, solidarité et foi fervente aident à faire face aux carences de l'État et aux graves problèmes liés à l'alcool et à la drogue.

✪ Kirstenbosch National Botanical Garden (E B1)
Le fabuleux royaume des *Protea*, des *Erica*, du buchus et de 22 000 autres plantes indigènes ! Les Capetoniens aiment arpenter le réseau de chemins qui sillonnent le parc, avant de se perdre dans la forêt sur les flancs de Devil's Peak... Cela en toute saison : pour la floraison au printemps, les concerts en plein air des dimanches d'été (jazz, folk, classique, opéra...), ou à Noël, pour les chants à la lueur des bougies.

✪ Cape of Good Hope (E C6)
Quand il le découvrit en 1488, le Portugais Bartolomeu Dias nomma ce célèbre éperon granitique "cap des Tempêtes". Cette première appellation prend tout son sens par mauvais temps, lorsque le *Cape Doctor*, ce vent de sud-est, souffle à plus de 120 km/h poussant la houle sur les côtes ! On songe alors aux navires venus se briser sur les rochers, et à l'émotion des skippers qui passent ce cap, désormais "de Bonne-Espérance", dans un univers sauvage d'aube du monde...

✪ Cape Winelands (F)
Dans le décor alpin de la région des Bolands (Hautes Terres), Paarl, Stellenbosch et Franschhoek tracent le triangle d'or des vignobles les plus célèbres du pays. Près de 300 domaines, dont la plupart affichent une élégante architecture *Cape-Dutch*, parsèment la campagne. Certains sont modestes, d'autres plus florissants, équipés de restaurants, d'hôtels, de musées ou même... de réserves animalières !

CARTE DE VISITE

- 2e ville d'Afrique du Sud et capitale législative ; capitale de la province du Cap-Ouest
- 3,75 millions d'habitants, dont 46 % de *Coloureds* (métis), 35 % de Noirs et 19 % de Blancs
- 11 langues officielles, dont le zoulou, le xhosa, l'afrikaans, l'anglais...
- Climat méditerranéen, toujours venteux : été sec (15-26 °C) de déc. à mars, hiver humide (8-17 °C) de juin à sep.
- Monnaie : le rand (ZAR ou simplement R). 1€ = 15 ZAR
- Pas de décalage horaire en été, + 1h en hiver

QUARTIERS ET POINTS DE REPÈRE DU CENTRE-VILLE

INTERNET

Le Cap en ligne
→ *www.capetown.travel*
Portail de l'office de tourisme municipal.
→ *www.tourismcapetown.co.za*
Site de l'office de tourisme du Cap et de la région de Western Cape.
→ *www.capetownmagazine.com*
Programmes culturels et plans pour sortir.

Wi-Fi
À la réception des hôtels et dans les restaurants et bars du centre-ville.

Café Internet
Infozone (**A** C2)
→ *40 Burg St Tél. 021 426 7524 Tlj. 7h (8h sam. ; 10h dim.)-22h*
Accès Internet, impression et scan de documents.

INFORMATIONS TOURISTIQUES

Cape Town Tourism Visitor Centres
→ *Info Line Tél. 0861 322 223*
City Centre (**A** D1)
→ *Pinnacle Bldg, Burg St / Castle St Tél. 021 487 6800 Avr.-sep. : dim.-ven. 9h-17h (13h dim.), sam. 8h30-13h ; oct.-mars : lun.-ven. 8h-18h, sam. 8h30-14h, dim. 9h-13h*
V&A Waterfront (**B** D2)
→ *Dock Rd Tél. 021 408 7600 Tlj. 9h-18h*
Simon's Town (**E** B4)
→ *111 St George's Dr. Tél. 021 786 8440 Tlj. 9h-17h (13h w.-e.)*
Aéroport (**F** B3)
→ *Tél. 021 934 1949 Tlj. 9h-20h*

Winelands
Stellenbosch (**F** D2)
→ *36 Market St Tél. 021 883 3584 Mai-août : tlj. 9h-17h (14h sam. ; 13h dim.) ; sep.-avr. : lun.-ven. 8h30-17h, w.-e. 9h-14h (13h dim.) www.stellenbosch.travel*
Franschhoek (**F** F2)
→ *62 Huguenot Rd Tél. 021 876 2861 Mai-sep. : lun.-ven. 8h-17h, w.-e. 9h-17h (16h dim.) ; oct.-avr. : lun.-ven. 8h-18h, w.-e. 9h-18h (16h dim.) www.franschhoek.org.za*

TÉLÉPHONE

Indicatifs
France-Le Cap
→ *00 + 27 (indicatif de l'Afrique du Sud) + 21 (indicatif de Western Cape, sans le 0) + n° à 7 chiffres*
Le Cap-France
→ *00 + 33 (indicatif de la France) + n° du correspondant (sans le 0)*
Au Cap
→ *Composer le 021*
Portables
→ *N° commençant par 072, 073, 074 ou 082, 083, 084*

N° spéciaux
→ *0800 : appel gratuit ; 0860 : prix d'un appel local ; 0861 : prix fixé par appel*

Numéros utiles
Police / pompiers
→ *Tél. 10111*
Urgences
→ *Tél. 112 (depuis un portable), 107 (depuis une ligne fixe)*
Secours Table Mountain
→ *Tél. 0861 106 417*

Renseignements
→ *Nationaux : 1023 ; internationaux : 10903*

CALENDRIER

Jours fériés
→ *1er jan. ; 21 mars (fête des Droits de l'Homme) ; ven. saint et lun. de Pâques ; 27 avr. (jour de la Liberté) ; 1er mai ; 16 juin (fête de la Jeunesse) ; 9 août (fête des Femmes) ; 24 sep. (fête du Patrimoine) ; 16 déc. (fête de la Réconciliation) ; 25-26 déc.*

Janvier-février
Minstrel Carnival
→ *2 jan.*
Célébrations et parades colorées dans les rues depuis 200 ans. Se prolonge durant tout le mois de janvier à Bo-Kaap (**A**).
Kirstenbosch Old Mutual Summer Sunset Concerts (**E** B1)
→ *Jan.-mars*

DATES CLÉS

40 000 av. J.-C. Premières traces de peuplement.
1488 Découverte du cap par Bartolomeu Dias.
1652 Fondation de la colonie du Cap par la Compagnie hollandaise des Indes orientales (VOC).
1795 Annexion par les Britanniques.
1833-1834 Abolition de l'esclavage, puis Grand Trek des Boers (pionniers blancs) vers les terres.
1910 Formation de l'Union sud-africaine.
1948 Mise en place du système d'apartheid.
1964-1990 Détention de Nelson Mandela.
1994 Élections libres.

LA VILLE VUE DES PENTES DE BO-KAAP

Chaque dim. d'été dès 17h30, pique-nique en musique dans le jardin botanique.

Stellenbosch Wine Festival (F D2)
→ *10 j. fin jan.-début fév. www.stellenboschwinefestival.co.za*
Pour les amoureux des vins et de la gastronomie.

Cape Town Pride Festival (B C3-D3)
→ *1 sem. fin fév.-début mars www.capetownpride.org*
Ateliers, parade et soirées dans le quartier de De Waterkant, pour la communauté gay et lesbienne.

Mars-avril

Cape Town Jazz Festival (B E3)
→ *International Convention Centre 2 j. fin mars-début avr. www.capetownjazzfest.com*
Cinq scènes et plus de 40 artistes sud-africains et internationaux.

Taste of Cape Town (B B2)
→ *3 j. début avr. www.tasteofcapetown.com*
Festival culinaire à Green Point avec les plus grands chefs de la ville.

Two Oceans Marathon
→ *En avr. www.twooceansmarathon.org.za*
Autour de Table Mountain.

Juin-août

Kamers (A E2)
→ *4 j. début juin www.kamersvol.com*
Artisanat, gastronomie et musique au fort de Bonne-Espérance.

Bastille Day (F F2)
→ *12-14 juil.*
À Franschhoek, commémoration de la prise de la Bastille.

Cape Town Fashion Week (B E3)
→ *3 j. en août*
Tickets : www.webtickets.co.za
Les créateurs dévoilent leurs collections au Convention Centre.

Septembre-octobre

Creative Week
→ *www.creativeweekct.co.za*
Art, design et musique dans toute la ville.

Open Book Festival (A D3)
→ *1 sem. mi-sep. www.openbookfestival.co.za*
Foire au livre autour du District Six Museum.

Novembre-décembre

International Kite Festival (E C3)
→ *Un w.-e. fin oct.-début nov. www.capementalhealth.co.za*
Festival de cerfs-volants à Muizenberg.

Festival of Beer (B B2)
→ *3 j. fin nov. www.capetownfestivalofbeer.co.za*
Fête de la bière à Green Point.

Carols by Candlelight (E B1)
→ *3 j. mi-déc.*
Tickets : www.pnptickets.co.za
Chants de Noël au jardin botanique de Kirstenbosch.

ARGENT

Cartes et change
Cartes bancaires acceptées

ARCHITECTURE

Style néerlandais
Ou "*Cape-Dutch*", adapté de l'architecture hollandaise du XVIIe s. : pignon décoratif, murs chaulés et toit de chaume. Groot Constantia (**E** B2), Vergelegen (**F** D3).

Styles britanniques

Georgien
Apparaît au début du XIXe s. : façades de brique rouge, parfois ornées de colonnades. Koopmans-De Wet House (**A** D1), Bertram House (**C** D3).

Victorien
Néoclassicisme et style italianisant, plan asymétrique, vérandas et balcons décorés de dentelle de fer forgé... Long St (**A** B2-D1), Mount Nelson Hotel (**C** B4).

Édouardien
Sobriété, simplicité et équilibre. City Hall (**A** E2), Centre for the Book (**A** C3).

Art déco
Dans le CBD : Mutual Heights (**A** D2), Market House (**A** D2).

TOWNSHIPS

Quartiers périphériques résidentiels monotones, réservés aux "non-Blancs" (Noirs ou *Coloureds*), développés sous le régime d'apartheid à des fins de contrôle social et racial. Des milliers de familles y vivent dans des logements de fortune (*shacks*). Pourtant, les communautés sont si soudées que ceux qui "réussissent" ne veulent pas quitter le township, où d'encourageantes initiatives redonnent courage et espoir.

0 4 8 km
Windmeul
Newton
Mbekweni
R45
Dal Josafat
DU TOITSKLOOF PASS
De Poort
R44
Paarl
N1
Suider-Paarl
DUTOITS 1 995 M
DUTOITSBERGE
ELANDSRIVIER
KLEIN DRAKENSTEINBERGE
WEMMERSHOEKBERGE
DRAKENSTEIN LION PARK
BUTTERFLY WORLD TROPICAL GARDEN
BABYLONSTOREN
BERG RIVER
WEMMERSHOEK DAM
Gt.-Drakenstein
Wemmershoek
WEMMERSHOEK 1 766 M
R45
Groendal
CAPE WINELANDS
Kylemore
1 491 M
FRANSCHHOEK PASS
Franschhoek
HELLSHOOGTE PASS
BERG RIVER DAM
LIMIETBERG N.R.
JONKERSHOEK F.R.
GROOTE DRAKEN STEINBERGE
HOTTENTOTS HOLLAND N.R.
JONKERSHOEK STATE FOREST
1 137 M
VERGELEGEN
LOURENS
Sir Lowry's Pass
BLUE ROCK
SIR LOWRY'S PASS
UPPER STEENBRAS DAM
STEENBRAS DAM
KOEËL MOUNTAINS
1 289 M
R44
ROBBEN ISLAND
GREEN POINT
SEA POINT
WATERFRONT
SIGNAL HILL
COMPANY'S GARDEN
B
CASTLE OF GOOD HOPE
DISTRICT SIX MUSEUM
A
LION'S HEAD
CLIFTON BAY
OBSERVATORY
CAMPS BAY
DEVIL'S PEAK
LANGA
TABLE MOUNTAIN
C
ROSEBANK
RONDEBOSCH
NEWLANDS
CLAREMONT
WYNBERG
D
0 1 2 km